LA PRISE DE LA ROCHELLE

POEME.

Dedié à Monseigneur le Cardinal de RICHELIEU.

M. DC. XXXI.

LA PRISE DE LA ROCHELLE.

Poëme.

A Monſeigneur le Cardinal.

TOy qui pour noſtre deliurance
As meſme ſurpaſſé nos vœux;
Et qui fais rajeunir la France
En faiſant blanchir tes cheueux.
GRAND PRELAT de qui les ouurages
Preſeruant des plus grands orages
L'honneur du plus grand Potentat;
Ont terminé la Tragedie,
Dont l'Erreur & la Perfidie
Depuis ſoixante hiuers auoient troublé l'Eſtat.

Je veux descrire vne Auanture
Où tu fis iuger à mon Roy
Que la Fortune & la Nature
N'ont rien produit d'esgal à toy.
Ses progrés nous forcent de croire
Qu'il doit vne part de sa gloire,
Au bon-heur qui suit ton Conseil:
Et que le credit qu'il te donne
Fait que l'esclat de sa Couronne
Est presque aussi cognu que celuy du Soleil.

NON LOIN de la profonde Mine
Qui sert aux Demons de sejour;
Où le vice nous achemine
Sans esperance de retour,
Sur le riuage de l'Auerne,
On treuue vne sombre Cauerne
Qui fut la prison de l'orgueil;
Alors qu'vn esclat de tonnerre
Fit voir aux Enfans de la Terre
Qu'ils entassoient des Monts pour se faire vn Cercueil.

A ſa porte on void la licence
Iointe à la curioſité,
Qui font ſoupirer l'inocence
Sous le joug de l'impieté,
La verité preſque eſtouffée
Sert de matiere à ce trophée,
Qu'y dreſſent la rage & l'horreur,
Et le plus noir Demon des ſonges
Enuironné de ſes menſonges
Eſtale tout autour les tableaux de l'Erreur.

L'audace au milieu forme vn throſne
Eſgal à celuy de Iunon,
Qui ſemble à ces lieux où le Roſne
Baiſe vn lac ſans perdre ſon nom.
Là, le Monſtre de l'hereſie
Se fait voir dans ſa freneſie,
Auec vn teint ſi furieux;
Que l'objet le plus redoutable,
N'eut iamais rien d'épouuentable
Au prix de la terreur qui paroiſt dans ſes yeux.

La Peste loge en son haleine,
Des razoirs luy seruent de dents,
Et sa puante bouche est pleine
De sang noir & de feux ardans.
Sous ses pieds on void des statües
Et des Couronnes abatües,
Des septres brisez en cent parts,
Et mille Citez rüynées,
Dont les seueres destinées
Ont noyé dans le sang les superbes remparts.

Son sein descouure deux mamelles
De qui le tragique poison
Sert à nourrir deux sœurs iumelles
Les premieres de sa maison,
L'vne se nomme l'inconstance
Qui foule aux pieds la repentance,
Et l'autre la rebellion,
Qui pleine d'vne rage extresme
Pour se consumer elle mesme
Vomit vn plus grand feu que celuy d'Ilion.

Ce Monſtre qui choque des Parques
L'indontable ſeuerité,
Et qui terraſſe des Monarques
La puiſſance & l'authorité.
Plein de deſpit que ſon Empire
A l'odeur de nos Lys reſpire,
Et las de tant de maux ſouffers:
Reçoit enfin quelque eſperance,
Et croit que le ſein de la France
Embrazé de ſes feuz, peut adoucir ſes fers.

Il ſonge lors à la Rochelle,
Et tient que par cette Cité
Il peut comme par vne eſchelle
Monter à ſa felicité.
Außi toſt remply de manie
Il ſe communique au Genie
Qui reigne chez les Rochelois,
Et luy dit que les Deſtinées
Ont ordonné que ſes menées
Le mettent à l'abry de la foudre des Rois.

Ce diſcours embraze la rage
Du mauuais Demon de ces lieux,
Qui croid que ce tragique ouurage
Le peut eſleuer iuſqu'aux Cieux,
Il ſort auſſi toſt de la terre
Plus prompt qu'vn eſclat de tonnerre,
Et pour gagner ſes habitans
Il s'en va gliſſer dans leur couche,
Et ſouflant trois fois dans leur bouche
Leur fait enfler le cœur de l'orgueil des Titans.

Ce fut alors que la furie
Excecuta mille attentats,
Et que l'on veid la barbarie
Faire vne part de nos Eſtats :
Lors perdant le reſpect du Prince,
L'hereſie en chaque Prouince
Porte la rage & la fureur;
Qui font que chacun s'y cantonne,
Et du debris de la Couronne
Eſpere de former le throſne de l'Erreur.

D'vn

D'vn dos courbé, le vieux Neptune,
Gemist sous le faix du butin
Qu'vne trop aueugle fortune
Depart à ce peuple mutin.
La mort, le feu, le sang, l'outrage,
Seruent de tribus à sa rage,
Et Thetis à l'heure paslit
Surprise d'vne horreur craintiue,
Puis rougit, de veoir qu'à sa riue,
Vn fleuue qui la baise ensanglante son lit.

Lors, par vn labeur incroyable,
On leur void dresser des rempars
De qui le sommet effroyable
Les enserre de toutes pars.
Et ces ames denaturées
A leur ruïne coniurées,
Ne iugent pas que ce recueil
Qu'ils preparent pour leur deffence,
Punissant vn iour leur offence,
Doit en les accablant, leur seruir de Cercueil.

Comme en ces boſſes de la Terre
Dont le ſommet perce les airs,
Touſiours les eſclats du tonnerre
Sont deuancez par les eſclairs.
Ainſi deuant que leur malice
Enduraſt le iuſte ſuplice
Qu'atire l'infidelité;
Mon Roy fit eſclairer la foudre
Qui deuoit les reduire en poudre,
S'ils ne la deſtournoient par leur humilité.

Mais ils ne veulent rien entendre,
Et pour LOVIS ils n'ont point d'yeux;
Außi que pouuoit-il attendre
De ceux qui meſpriſent les Dieux?
Sa bonté fomente leurs rages,
Par les excés de leurs outrages
Tout le Royaume eſt diſpersé:
Et c'eſt la creance commune
Que pour mieux aſſoir leur fortune,
Ils ſe veulent ſeruir d'vn throſne renuersé.

Par le venin de ces viperes
On veid ternir les Fleurs de Lis,
Tous les hommages de leurs peres
Furent en ce temps abolis,
Le bruit que fait leur violence
Aprend des-ja leur insolence
Au peuple le plus incognu,
Et l'Enfer qui pour eux conspire
Aloit renuerser cet Empire
Si tes mains, Grand Prelat, ne l'eussent soustenu.

Ce fut alors que ta prudence
Preuoyant ce noir attentat,
Releua dans sa decadence
L'authorité de cét Estat.
Et contraignit mesme l'Enuie
Voyant l'histoire de ta vie
Surpasser les humains effors;
A dire (non sans aparance)
Que le bon Ange de la France
Prenoit pour se courir le voile de ton corps.

De mesme qu'vn antique Exemple
Aprend qu'autrefois des forests
Conseruoient l'Oracle & le Temple
Qu'vn peuple sacroit a Ceres;
Le soin d'vne innocente crainte
Deffendoit ces bois de l'attainte
Du fer, des flames & du bruit
Chacun reueroit ces lieux sombres,
Et n'osoit profaner les ombres
Qu'y retiroient tousiours le silence & la nuit.

Eresicton seul dont la rage
Despoüilloit le respect des Dieux
Osa d'vn barbare courage
Employer le fer en ces lieux,
Mais cette effroyable manie
Ne demeura point impunie.
Car vne insatiable faim
Dressant dans ses propres entrailles
L'apareil de ses funerailles,
Rendit son estomach le tombeau de son sein.

Ainsi

Ainſi nous conſeruons ce liure
Qui fut d'vn Dieu le Teſtament
Lors que pour nous faire reuiure,
Il deſcendit au monument.
C'eſt là que d'vne voix ſecrette
Le ſouuerain nous interprete
Ses Oracles & ſes decrets:
Et touché de leur reuerance
Iamais aucun n'eut l'aſſeurance
De violer l'enclos qui garde ces ſecrets.

Mais la fureur de l'Hereſie
Meſpriſant le diſcours des Cieux,
S'aueugle dans la freneſie
Pour ſe fier trop à ſes yeux.
D'vn bras ſanglant elle rauage
Tout le corps de ce grand ouurage
Qu'elle empoiſonne de ſon fiel;
Et ſans nul reſpect elle briſe
Ces paſſages par où l'Egliſe
Adreſſe ſes enfans pour les conduire au Ciel.

Les Dieux sont longs à se resoudre
Sur la façon de se vanger
De ces forfais pour qui la foudre
Est vn chastiment trop leger,
Ils demeurent soixante années
A consulter les destinées,
Enfin de peur que les mortels
Doutassent de leur prouidence
Ils t'esleurent pour leur deffence
Prenans vn Cardinal pour vanger les Autels.

❧

Pour vne si juste querelle
Par mille moyens inoüis,
Tu voulus punir la Rochelle
Auec les forces de LOVIS,
Mais iugeant que cette vengeance
Estoit trop noble pour l'offence;
Tu la serras de tous costeZ
Afin qu'vne rage nouuelle
Fist sentir au corps du Rebelle
Ce que le corps ressent des membres reuolteZ.

Les entrailles les plus cachées
Des terres qui ſont à l'entour,
Leur preſagent par des tranchées
Qu'on auance leur dernier iour.
Et cependant qu'on les enſerre,
Et que le Demon de la guerre
Veille à la garde de nos Forts:
D'vn ſeul mot, tu fais tout à l'heure
Que la faim quitant ſa demeure,
Viēt affoiblir leurs murs par des rēpars de corps

Ce Monſtre que la Deſtinée
Retient ſous le Pole du Nort,
Pour y receuoir chaque année
Les tribus qu'on doit à la Mort.
Auec vn teint affreux & haue,
Des levres qui ſucent leur baue,
Les yeux ternis, noirs, enfoncez,
Et le marcher lent & debile,
Arriue enfin dedans la ville;
Franchiſſant aiſément ſes Forts & ſes foſſez.

Les Rochelois à son aproche
Sentent glisser dedans leur sein
Vne langueur qui leur reproche
L'injustice de leur dessein.
Mais au lieu de se recognestre
Ils vont au Nord chercher vn maistre
Pour maintenir leur atentat,
Et la faim nourrit cette rage
Afin que leur iuste naufrage
Empeschast le desbris qui menaçoit l'Estat.

Ce peuple qui void son Empire
Renfermé d'vn jaspe mouuant
Et de qui le poumon respire
Vn air tousiours batu du vent.
Par vne funeste entremise
Quitte les bords de la Tamise
Conduit par vn tragique sort,
Et fend les bosses de Neptune
Sans en redouter l'infortune,
Puis qu'il est destiné de perir dans le port.

Ses vaisseaux abordent nos Costes,
Où l'Echo semble par sa vois
Fauoriser ces noueaux hostes
Aprenant à parler anglois,
Le vent qui fait enfler leurs voiles
Conte leur descente aux Estoiles,
Et la publie en chaque endroit
Quand les Dieux en leur Concistoire
Disposent desia la Victoire
A se treuuer dans Ré pour deffendre leur droit.

C'est là que le Dieu de la guerre
Fit voir par mille exploicts diuers
Qu'il estimoit ce coin de terre
Beaucoup plus que tout l'Uniuers;
Puisque ces campagnes trempées
Du sang que versoient nos espées,
Receuoient les derniers souspirs
De ceux dont le cœur redoutable
Pensoit que le monde habitable
Ne fust pas assez grand pour souler ses desirs.

Ny ce foudre l'effroy des Ames
Qui prend les villes par le flanc,
Et qui pousse vn torrent de flames
Pour former vn ruisseau de sang,
Ny l'air qui rougit de cholere
De ce qu'en son throsne ordiniare
L'Element du feu s'est placé,
Ny les assauts, ny la surprise
Ne seruent rien à l'entreprise
De ceux qui dans la flame ont le cœur tout glacé.

Tandis que d'vne erreur brutale
L'Anglois forge ses propres fers,
Le Rebelle ainsi que Tantale
Soufre la peine des Enfers.
Il void vne forest flotante,
Qui sans fournir à son attente
Ne peut contenter que ses yeux,
Et que la fureur de l'orage
En la menaçant du naufrage
Montre qu'elle entreprēd la querelle des Cieux.

Il void enfin que du seruage
Il ne peut estre racheté,
L'Anglois quitte nostre riuage
Qui rougit de sa lascheté..
Sa faute ajou'e à sa creance
Que ceux qui combatent la France
Perdent l'espoir de leurs desseins,
Et la Terre toute couuerte
Des sanglans tesmoins de sa perte
Mõtre que S. Martĩ sçait vãger tous les saints.

Mais au lieu qu'en cette disgrace
Le Rebelle change de cœur,
Il nous fait voir la mesme audace
Qui suit le Destin du veinqueur.
Ny ce grand fossé qui l'enserre,
Ny les trais ardans du tonnerre,
Ny le feu, la faim & le fer,
Ny de son Prince la presence
N'esmeuuent point a repentance
Celuy qui n'a point d'yeux que pour suiure l'Enfer.

La faim trace dans ſon viſage
Le portraict viuant de la mort,
Ses dents ne ſont plus en vſage,
Son poulx s'abat, ſon cœur s'endort,
La clarté de ſes yeux eſt ſombre,
Il ne paroiſt que comme vne ombre,
Quand il marche par la Cité
Son corps eſt plus ſec qu'vne ſouche,
Et ſa main refuſe à ſa bouche
Les moyens de ſortir de cette auerſité.

L'art plus adroit que la Nature
Jnuente pour les ſecourir
Vne ſorte de nourriture
Qui deuroit les faire mourir,
Vn cheual mort d'vne apoſtume
Fait que ce peuple s'acouſtume
A ne s'en ſeruir qu'au repas,
Les chiens roſtis ſont les viandes
De ſes tables les plus friandes,
Et d'autres animaux ne s'en exemptent pas.

L'enfant

L'Enfant dans ses lévres de glace
Presse des tetins sans liqueur,
Quand la mort qu'on void en sa face
Luy passe soudain dans le cœur.
Sa mere qui sent que sa bouche
A moins de chaleur qu'vne souche,
Treuue que son secours est vain,
Et lors dans le deüil qui la perse,
Se pasmant, tombe à la renuerse,
Et meurt tout à la fois de douleur & de faim.

Cependant de peur que Neptune
Touché d'vn si tragique sort,
Ne leur rameine la Fortune,
En alant visiter leur port.
Tu l'enfermes d'vne closture
Où l'Art enseigne à la Nature
Le moyen de punir la Mer,
Quand d'vne rage trop farouche
Elle veut transporter sa couche
Hors des lieux où le Ciel la voulut renfermer.

Ce reſpect que garde l'orage
Tandis que l'Alcion baſtiſt,
Nous parut, tant que cét ouurage
Euſt beſoin qu'on le garantiſt.
Les flots de qui la perfidie
Fait touſiours quelque tragedie
De ceux dont ils portent le faix,
N'oſent plus quereller la terre,
Et durant toute cette guerre
De craĩte de nous nuire, ils sõt touſiours en paix.

Toutefois la vague qui gronde
Tout à l'entour de ſa cloyſon,
Fait penſer que le Dieu de l'onde
Se deſpite d'eſtre en priſon.
L'Anglois pour ſeconder ſa rage
Abordant encor ce riuage
Qui fut teſmoin de ſon mal'heur,
Attend que Thetis qui s'irrite,
Luy donne ce que le merite
Ne ſçauroit accorder à ſon peu de valeur.

Mais les effects de ſa venuë
Sont ſemblables à ces eſclairs
Qui perceants le corps de la nuë,
Viennent illuminer les airs.
Auſsi tout ce feu d'artifice
Qui deuoit faire vn ſacrifice
De la Digue & de nos Vaiſſeaux,
Ne ſeruit au ſein de Neptune
Que pour eſclairer la Fortune
Qui les yeux deſbãdez nous guidoit ſur les eaux.

Thetis voyant vne fournaiſe
Qui pour ce barbare deſſein,
Verſé mille torrens de braiſe
Parmy les glaces de ſon ſein.
Pleine d'vne rage deſpite
Soudain elle la precipite
Dans les goufres de ſon ſejour;
Diſant aux flots qu'elle reſpire
Que dans l'enclos de ſon Empire
Elle ne peut ſoufrir que les feux de l'Amour.

L'Anglois pleignant son auanture,
Et voyant tant de changemens,
Iuge que pour nous la Nature
Donne du sens aux Elemens.
Il croit aussi que la victoire
Fera de nostre seule Histoire
L'Histoire de tout l'Vniuers,
Et lors touché de repentance
Il vient se rejoindre à la France,
Qui tousiours au pardõ fait voir ses bras ouuers

❧

Mais cependant de ses murailles,
Le Rochelois voyant ces feux
Croit que c'est à ses funerailles,
Qu'on va rendre les derniers vœux.
Le desespoir qui dans sa rage
Brise les cheines du seruage
Reste seul pour le secourir,
Et luy presentant vne espée
Du sang de Spartaque trempée
Par ce mesme secret s'offre de le guerir.

A ce iour la sœur de Morphée
Aloit triompher des mutins,
Si pour t'en dresser vn trophée
Le Ciel n'eust changé les Destins.
Par vn seul rayon de sa grace
Il fondit lors ces cœurs de glace
Changeant leur audace en douleur,
Afin qu'apres la resistance
On cognust dans leur repentance
Que ta bonté parfait l'œuure de ta valeur.

A l'heure leur ville reduite
Esprouua que dans les hazars
Tu peux faire par ta conduite
Plus que les mains de cent CeZars;
Puisque sans craindre le tonnerre,
Ny les flames de l'Angleterre,
Malgré la rage des hiuers,
Et les assauts de leur surprise,
Tu vins à bout d'vne entreprise
Où ton esprit tout seul choquoit tout l'Vniuers.

C'est alors qu'on a veu la France,
Apres ses maux & sa langueur
Retournant en conualescence
Reprendre toute sa vigueur,
Et ses membres que l'Heresie
Touchoit d'vne paralisie
Qui l'empeschoit de s'en ayder,
Font voir que ta main secourable
A guery ce mal incurable,
Dont nos Predecesseurs n'auoiët peu la garder.

Si des Mutins la decadence
N'estoit l'objet de mon discours,
Ie dirois que par ta prudence
Cazal a receu du secours
Ie conterois que l'Italie
Par les Estrangers assaillie
Recourut au bras de mon Roy,
Et qu'vn Charles luy faisant place
Parmy des murailles de glace
Recognut que le froid géle moins que l'effroy.

Grand Cardinal de qui l'exemple
Met la gloire à ſon dernier point;
Et t'euſt fait eſleuer vn Temple
Au temps que Dieu n'en auoit point.
Regarde ce fruit de mes veilles,
Où ie montre que tes merueilles
Rauiſſent nos cœurs & nos yeux;
Et que l'on peut dire ſans blâme,
Que les lumieres de ton Ame
Font noſtre bon deſtin comme celles des Cieux?

P. E. D. M.

www.ingramcontent.com/pod-product-compliance
Lightning Source LLC
LaVergne TN
LVHW020630110826
845149LV00004B/1130